قِطٌّ أَليفٌ، قِطٌّ مُتَوَحِّشٌ!

بِقلم: أليسون هاوز

Collins

أنا قِطٌّ أَليف.

أنا أَجْري وأَقْفِز.

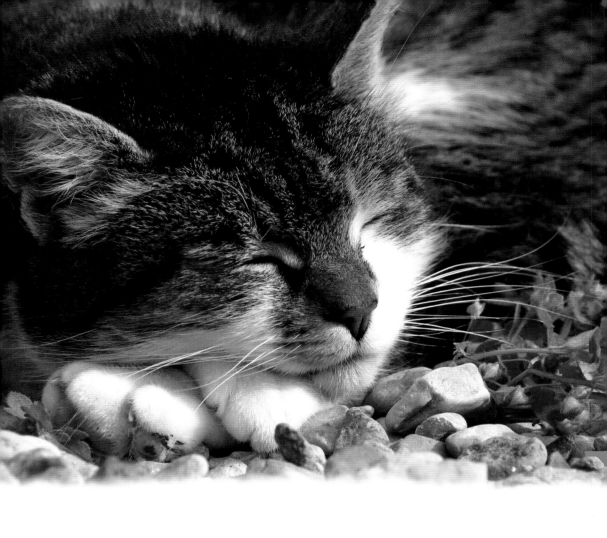

أُحِبُّ النَّوْمَ في الشَّمْس.

أَفُحُّ وأُهَسْهِسُ حينَ أَغْضَب.

أَصْطادُ في الحَشائِش.

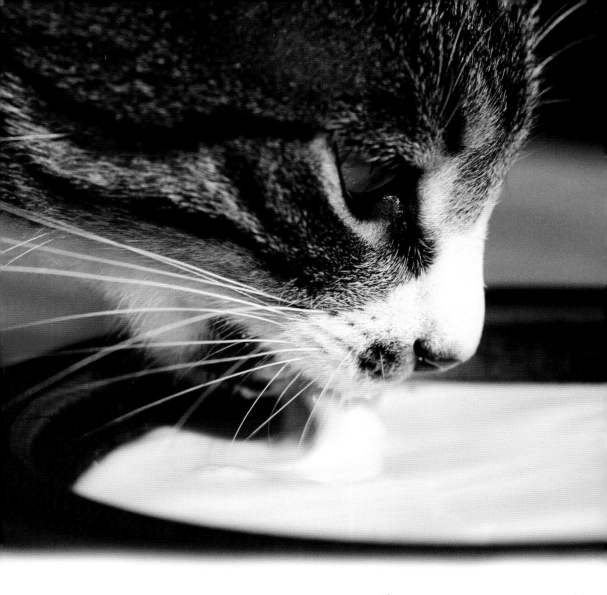

أَشْرَبُ الحَليبَ وأَلْعَقُهُ.

أنا قِطٌّ مُتَوَحِّش.
أنا لَسْتُ أَليفًا.

أَجري بِسُرْعَةٍ كَبيرَة.

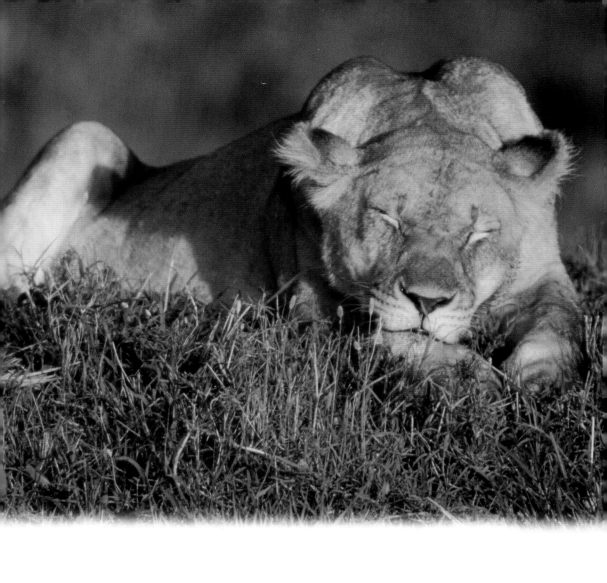

أُحِبُّ النَّوْمَ في الشَّمْس.

أَفُحُّ وأُهَسْهِسُ حينَ أَغْضَب.

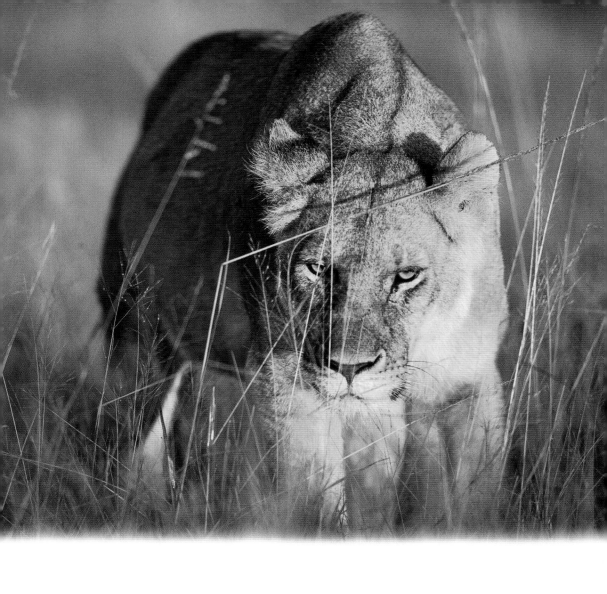

أَصْطادُ في الحَشائِش.

أَسْبَحُ في البِرْكَةِ في الطَّقْسِ الحارّ.

قِطٌّ أَليف

قِطٌّ مُتَوَحِّش

أفكار واقتراحات

الأهداف:

- التعوّد على قراءة جُمَل بسيطة بانسياب.
- التعوّد على قراءة الأفعال البسيطة المُسنَدة إلى ضمير المتكلّم للمفرد "أنا".
- قراءة بعض الكلمات البسيطة بدون تشكيل (أنا/في).
- التعرّف على مفهوم المقارنة البسيطة.

روابط مع الموادّ التعليميّة ذات الصلة:

- مبادئ الجغرافيا والوعي باختلاف البيئات الطبيعيّة.
- مبادئ التعرّف على أنواع محدّدة من مملكة الحيوان.

مفردات شائعة في العربيّة: أنا، في، أحبّ، حينَ، لستُ

مفردات جديرة بالانتباه: أليف، متوحّش، أجري، أقفز، أشرب، أسبح، أفحّ، أهسهس

عدد الكلمات: ٥٢

الأدوات: لوح أبيض، ورق، أقلام رسم وتلوين، انترنت

قبل القراءة:

- هل رأيتم القطط الكبيرة في حديقة الحيوان؟ صفوا ما رأيتم.
- ماذا تعرفون عن القطط الأليفة؟ أين تعيش؟ من منكم عنده حيوان أليف في بيته؟
- صفوا الصورة الموجودة على الغلاف الخارجيّ. ما هي المهارة الخاصّة الّتي يظهرها الحيوان هنا؟ (التخفّي). لماذا؟ (الصيد). هل الصيد مهمّ للحيوان المتوحّش؟
- هيّا نقرأ العنوان معًا.

أثناء القراءة:

- انتبهوا إلى الحرف (أَ) أو (أُ) في بداية الأفعال الّتي تعبّر عن فعل أقوم به "أنا". مثالًا: "أُحبّ" "أَجري"، "أَقفز"، "أَشرب"، "أَسبح".